ADIÓS rey y mío

WEN YUAN

Traducción: Marina López-Duarte Bandini

CAPÍTULO

1

¿LA ESTATUA DE PIEDRA HA COBRADO VIDA?

Aeropuerto internacional XX

*Cartel pequeño: Reunión
*Cartel grande: Equipo profesional visitante de reliquias antiguas del país

¿ZHANG LI?

*Cartel: Punto de reunión

HAY ALGO EN ESTE LUGAR...

QUE ME ATRAE...

EBIS ES UNA CIVILIZA-CIÓN ANTIGUA FUNDA-DA HACE 5.000 AÑOS.

PROSPERÓ A LO LARGO DEL RÍO NILO DURANTE UNOS 1.500 AÑOS ANTES DE DESAPARECER POR COMPLETO.

RECIENTEMENTE, LAS ARE-NAS DEL DESIERTO SE HAN MOVIDO Y HAN REVELADO LOS RASTROS DE UNA CIU-DAD ENTERA.

LOS ARQUEÓLOGOS CREEN QUE PODRÍA TRATARSE DE MEMQA, LA ÚLTIMA CIUDAD IMPE-RIAL DE EBIS.

EL ÚLTIMO REY IM-PERIAL DEL REINO DE EBIS TAMBIÉN PODRÍA HABER SIDO DESCUBIERTO.

¡PUEDO VERLAS! LAS RUINAS DE EBIS...

EN ESE MOMENTO, TODAVÍA NO SABÍA...

QUE MI DESTINO ESTARÍA ENTRELAZADO CON EL DE AQUEL MISTERIOSO REINO ANTIGUO.

ESTAS RUINAS SON DEMASIADO GRANDES. NO ME SORPRENDE QUE HAYA PERDIDO DE VISTA A MIS COMPAÑEROS SIN DARME CUENTA.

SIGO SIN COBERTURA... TENDRÉ QUE SEGUIR BUSCANDO.

Sin señal

¡Clang!

¿SERÁN ELLOS?

Alerta

¡OH, NO!

¡GENIAL! ¡ESTA VEZ NOS HEMOS HECHO CON UN BUEN BOTÍN!

¡BAJA LA VOZ! ¿O ACASO QUIE- RES ATRAER A LA GENTE?

¡SON SAQUEADORES DE TUMBAS!

SERÁ MEJOR QUE ME TRANQUI- LICE, NO QUIERO QUE ME VEAN. PRIMERO TENGO QUE SALIR DE AQUÍ PARA ENCONTRAR AL EQUIPO DE INVESTIGACIÓN, ¡LUEGO LLAMARÉ A LA POLICÍA!

¡PUM!

¿DÓNDE ESTOY?

¿POR QUÉ ESTÁ TODO OSCURO?

AY, QUÉ DOLOR DE CABEZA...

¡Clang!

¡AY!

¿QUÉ TENGO ENCIMA? ¿DÓNDE ESTOY?

¡NADIE LO ENCONTRARÁ EN ESTE SARCÓFAGO!

¡ÉL SOLITO SE LO HA BUSCADO!

¡CORTA EL ROLLO Y LARGUÉMONOS DE AQUÍ!

Tap, tap, tap

¿UN SARCÓFAGO?

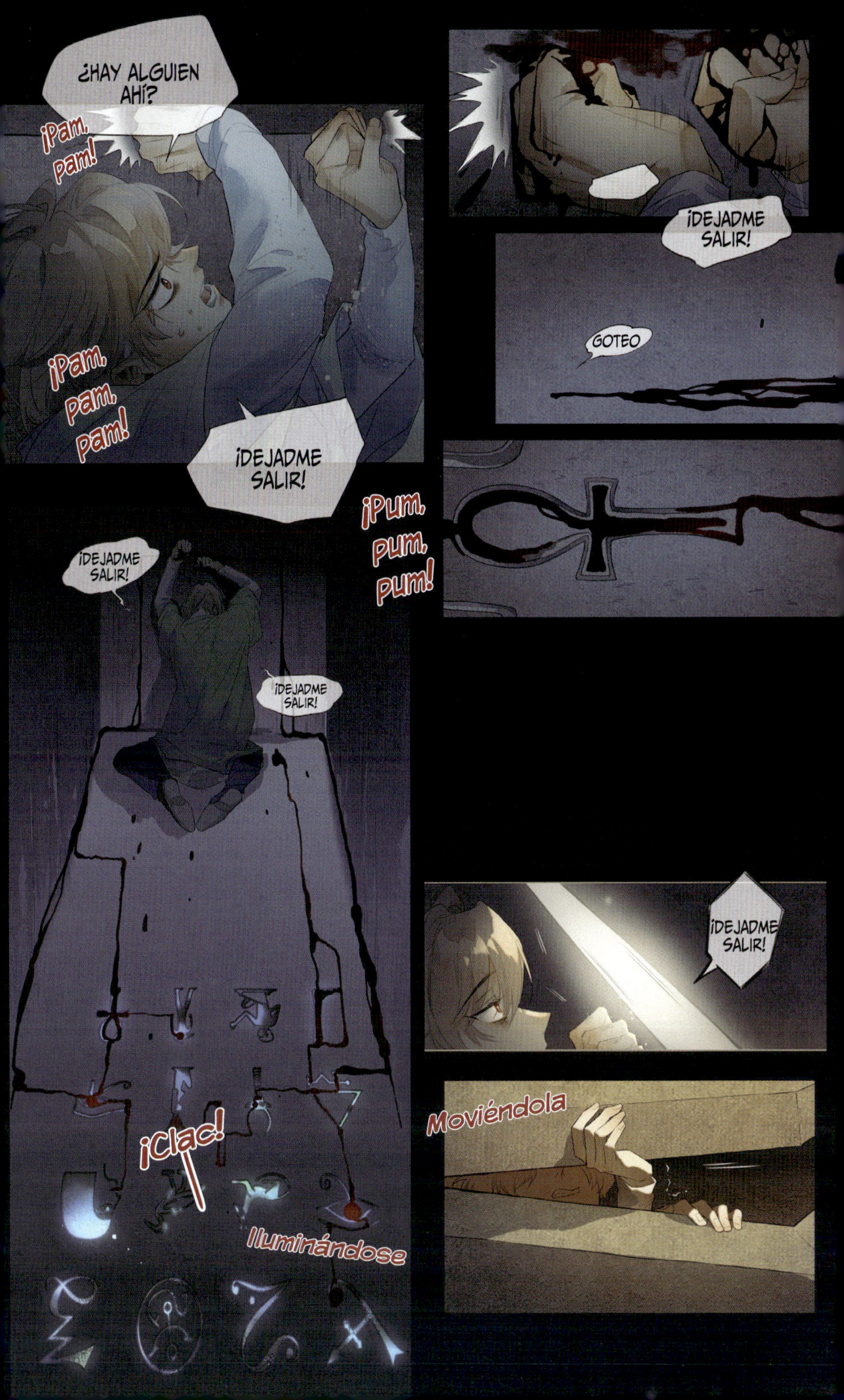

¿UNA...?

¿ESTATUA DE PIEDRA?

¡Aaah!

¡Aaah!

¡Zas!

ESA FUE LA PRIMERA
VEZ QUE NOS VIMOS.

Y TAMBIÉN FUE EL COMIEN-
ZO DE TODO...

CAPÍTULO

2

EMBROLLO

NO HACE FALTA, YA ESTOY BIEN.

DESPUÉS DE ESO, ME DESMAYÉ.

EL EQUIPO DE ARQUEO-LOGÍA ME ENCONTRÓ Y ME DESPERTÉ UNA SEMANA MÁS TARDE.

HABÍAN ATRAPADO A LOS SAQUEADORES DE TUMBAS Y A MÍ ME HABÍAN LLEVADO AL HOSPITAL MÁS CERCANO PARA SER TRATADO.

EL LUGAR DONDE VI A LOS SAQUEADORES ESTABA FUERA DE LOS LÍMITES PERMITIDOS.

PERO LO MÁS EXTRAÑO FUE QUE CUANDO LES PREGUNTÉ A LOS DEMÁS SOBRE LA ESTATUA DE PIEDRA QUE ESTABA CERCA DEL ATAÚD, NADIE LA HABÍA VISTO.

VÁMONOS HACIA CASA JUNTOS. ¿QUÉ HACES SENTADO EN EL SUELO?

Aparece

¡Fiuum!

¿NO LO HAS VISTO?

¿VER EL QUÉ? ¡SI NO HABÍA NADA!

...

AUNQUE SÍ HE SENTIDO UNA RÁFAGA DE VIENTO REPENTINA...

¿QUÉ ESTÁS BUSCANDO?

Mira alrededor

NADA.

¡HASTA MAÑANA!

¡HASTA MAÑANA!

Empapado

...

Deprimido

Entreabierta

...

Oscuridad absoluta

Se acerca lentamente

CAPÍTULO 3

DESCONTROLADO

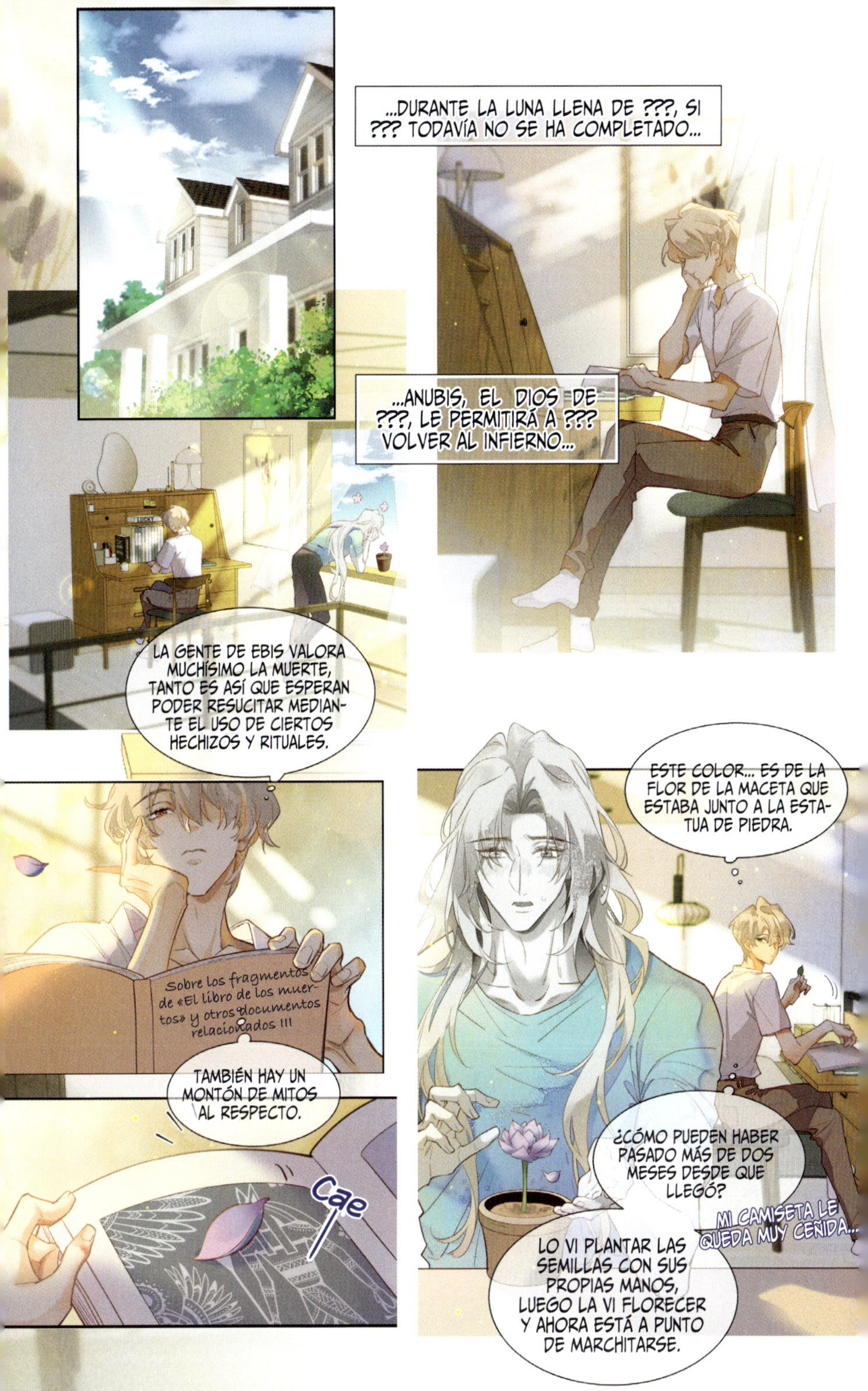

...DURANTE LA LUNA LLENA DE ???, SI ??? TODAVÍA NO SE HA COMPLETADO...

...ANUBIS, EL DIOS DE ???, LE PERMITIRÁ A ??? VOLVER AL INFIERNO...

LA GENTE DE EBIS VALORA MUCHÍSIMO LA MUERTE, TANTO ES ASÍ QUE ESPERAN PODER RESUCITAR MEDIANTE EL USO DE CIERTOS HECHIZOS Y RITUALES.

Sobre los fragmentos de «El libro de los muertos» y otros documentos relacionados !!!

TAMBIÉN HAY UN MONTÓN DE MITOS AL RESPECTO.

Cae

ESTE COLOR... ES DE LA FLOR DE LA MACETA QUE ESTABA JUNTO A LA ESTATUA DE PIEDRA.

¿CÓMO PUEDEN HABER PASADO MÁS DE DOS MESES DESDE QUE LLEGÓ?

MI CAMISETA LE QUEDA MUY CEÑIDA...

LO VI PLANTAR LAS SEMILLAS CON SUS PROPIAS MANOS, LUEGO LA VI FLORECER Y AHORA ESTÁ A PUNTO DE MARCHITARSE.

DESPUÉS DE ESO, TUVE FIEBRE DURANTE UNA SEMANA.

NO PARABA DE PERDER Y RECUPERAR LA CONSCIENCIA.

ABRÍA Y CERRABA LOS OJOS SIN CESAR.

LA ESTATUA SIEMPRE ESTABA CONMIGO.

PERO...

NO DEJO DE TENER LA SENSACIÓN...

¿ACASO TODO ESO ERA UN SUEÑO?

DE QUE SE ESTÁ ALEJANDO DE MÍ.

Se gira de repente

¡Huye!

SI TODAVÍA CONTINÚAS SI-GUIÉNDOME,

¿ENTONCES POR QUÉ ME EVITAS?

* Cartel: Prohibido nadar

¿CONQUE HAS VUELTO A SER MI «ACOSADOR»?

¿QUÉ HABRÁ PROVOCADO QUE APARECIERA EN PRIMER LUGAR?

Lo agarra con Fuerza

CAPÍTULO 4

DESAPARICIÓN

UM... EH, LA VERDAD ES QUE...

HE ENTRADO EN PÁNICO Y NO PRETENDÍA GRITARTE. YO...

¿POR QUÉ NO PRUEBAS A MORDISQUEARME UN POCO?

AH...

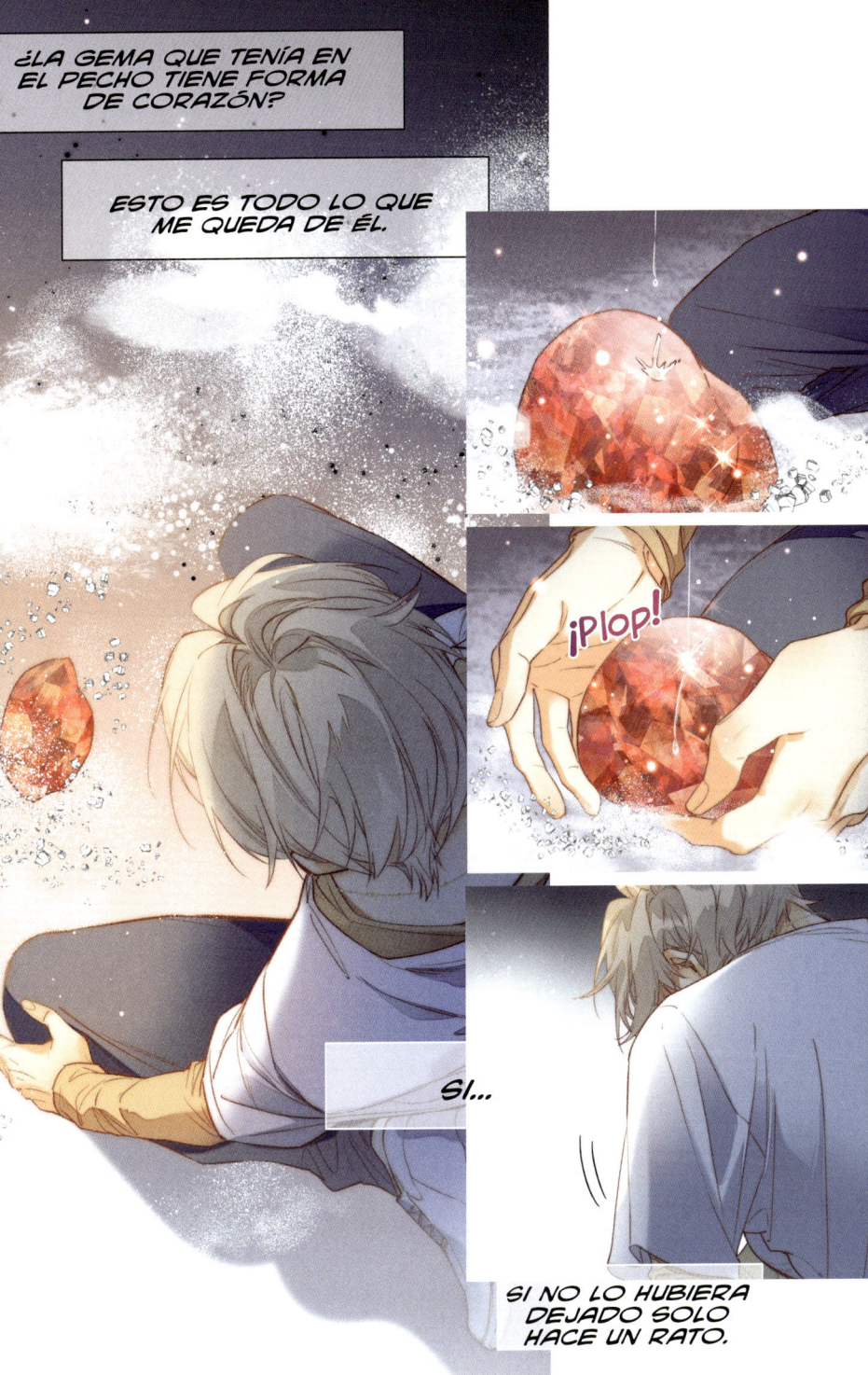

SI HUBIERA DES-CUBIERTO LO QUE LE PASABA ANTES.

CONOCERLO HA SIDO UN MILAGRO.

¿PODRÍA, POR FAVOR, OCURRIR OTRO MILAGRO?

VUELVE A MI LADO, POR FAVOR.

CAPÍTULO

5

DISCREPANCIA

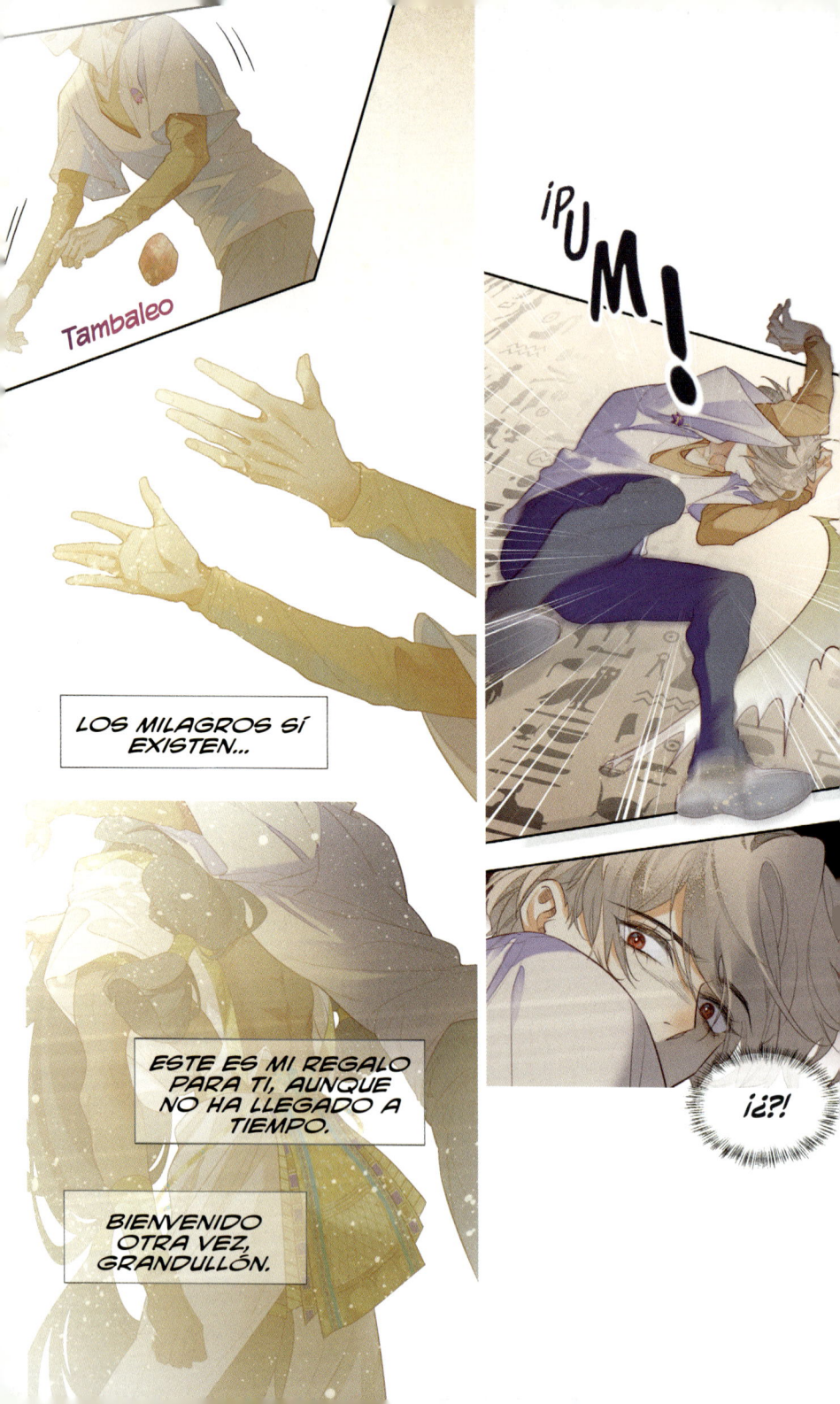

¿UN
SESINO?

GUARDIAS,
ATRAPADLO.

¡SÍ, SU
MAJESTAD!

¡¡¿¿??!!

ESTO ES...

Fiu

ACABO DE VOLVER DE LAS RUINAS DE EBIS, SÉ LO QUE DIGO.

NO CABE DUDA: ESTOY EN MEMQA.

LA PRÓSPERA Y BULLICIOSA MEMQA.

YO...

¿HE VIAJADO EN EL TIEMPO?

ENTONCES ÉL ES...

PILARES DE
PIEDRA CON
DISEÑOS
TÍPICOS DE
EBIS...

MURALES...

EL
UNIFORME
DE LOS
GUARDIAS...

SÍ,
SIN LUGAR
A DUDAS
ESTO ES
EBIS.

¡¿QUIÉN ERES?! ¡¿QUÉ ESTABAS HACIENDO EN EL ALTAR DEL TEMPLO FRENTE AL PALACIO?! ¡¿QUÉ ESTÁS TRAMANDO?!

SU MAJESTAD, FÍJESE EN SUS ROPAS Y EN CÓMO SE HA QUEDADO MIRANDO TODO A SU ALREDEDOR CUANDO ENTRÓ. ES DEMASIADO SOSPECHOSO.

¡Clanc!

YO...

...

NO, NO PUEDO DECIR QUE VENGO DEL FUTURO PORQUE SINO, PENSARÁN QUE ESTOY DEMENTE Y ME EJECUTARÁN.

¡RESPÓNDEME!

NO HE VIAJADO EN EL TIEMPO PARA MORIR EN ESTE LUGAR.

SU MAJESTAD, NO DICE NADA, PERO, SIN EMBARGO, NO DEJA DE OBSERVARLE.

...

¿HABRÉ REGRESADO A LA ÉPOCA EN LA QUE ÉL ERA «HUMANO» DEBIDO A MI FUERTE DESEO DE ESTAR A SU LADO OTRA VEZ?

PERO AHORA É[L] NO ME CONOC[E]

CAPÍTULO

6

ZORRO

...

¿ESTOY EN UNA HABITACIÓN? HAY ALGUIEN VIGILANDO FUERA.

AY... QUÉ DOLOR.

MI ROPA... ME LA HAN CAMBIADO. ¿TAMBIÉN ME HAN TRATADO LAS HERIDAS?

GRACIAS A DIOS...NO TIENEN TAN MALA PINTA

¿Y AHORA QUÉ? ME HAN ENCARCELADO PORQUE CREEN QUE SOY UN ASESINO.

PENSABA QUE ERA UN MILA-
GRO HABER VIAJADO EN EL
TIEMPO Y LOGRAR VERLO
OTRA VEZ.

PERO AHORA...

MÁS BIEN SIENTO QUE
ES UN CASTIGO.

ADEMÁS, EL HOM-
BRE QUE TANTO
ANHELABA VER NO
ES EL MISMO QUE
CONOCÍA.

ES COMO SI EL
UNIVERSO ME ESTUVIERA
ATORMENTANDO POR
HABERLO ARRUINADO TODO
Y HABER PERDIDO A LA
ESTATUA DE PIEDRA.

Y ENCIMA TENGO QUE
LIDIAR CON UN TIRANO...

PROBABLEMENTE LO MEJOR SERÍA NO VOLVERLO A VER.

Lo envuelve

PERO LO MÁS IMPORTANTE AHORA ES QUE TENGO QUE SOBREVIVIR A ESTE JALEO.

YA SEA ENCONTRANDO UNA MANERA DE REGRESAR A CASA O DEAMBULANDO POR EBIS.

SOLO DE PENSARLO, ME SIENTO SÚPER IRRITADO Y FRUSTRADO.

LA CUESTIÓN ES «SOBREVIVIR».

ANTES QUE NADA, TENGO QUE AVERIGUAR LA FORMA DE ESCAPAR DE ESTE PALACIO BAJO SU DOMINIO.

Cauteloso

ES COMO SI ESTUVIERA JUGANDO EN MO ULTRA DIFÍCIL SIN TENER NIN NA HABILIDAD ESPECIAL Y S TENER NINGÚN AS BAJO LA MANGA.

Crac

Silencio

MENOS MAL... PENSÉ QUE TAMBIÉN TE PERDERÍA.

ERES TODO LO QUE ME QUEDA.

¡Crac! (Puerta abriéndose)

VAYA, VAYA. PARECE QUE ESTO SIGNIFICA MUCHO PARA TI.

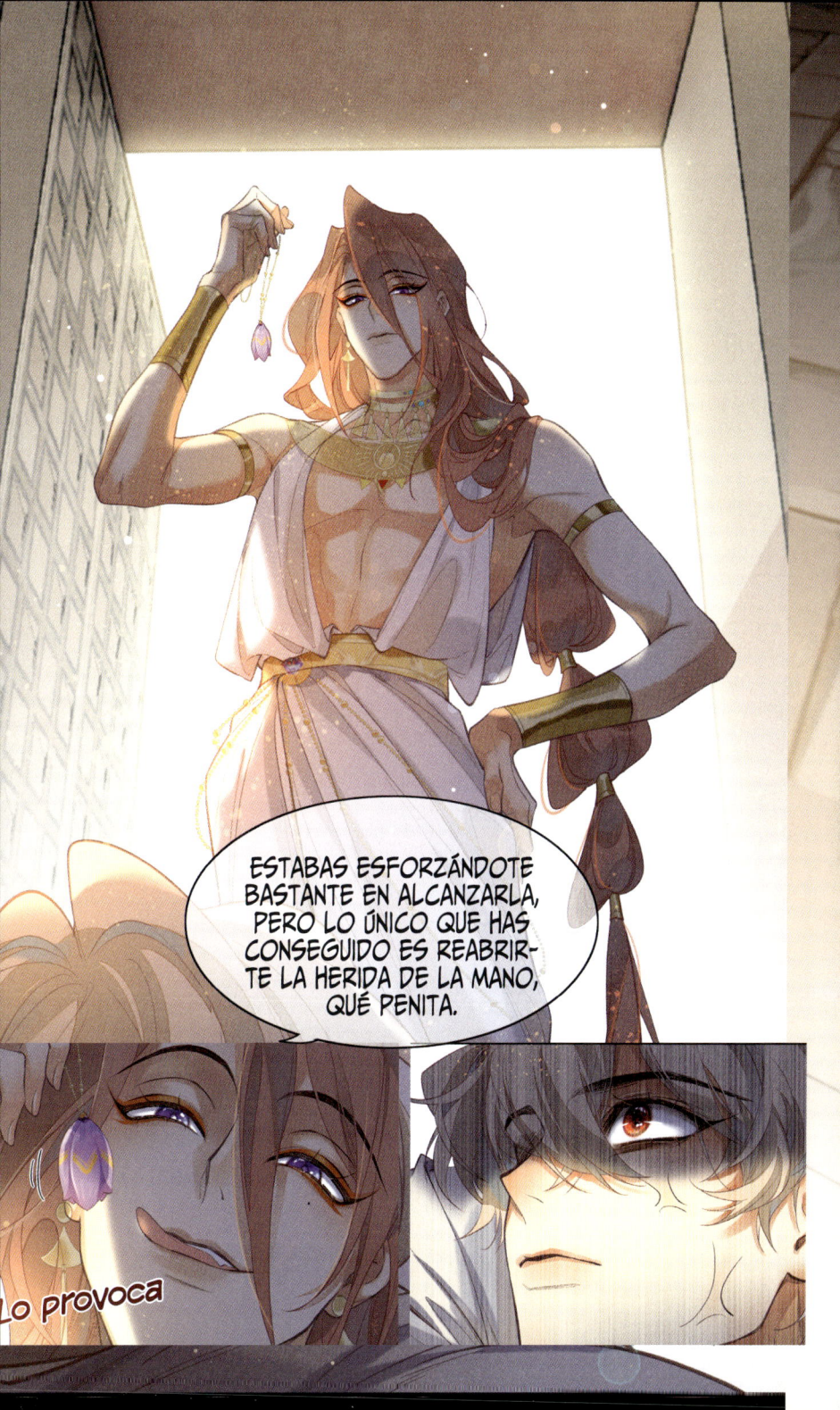

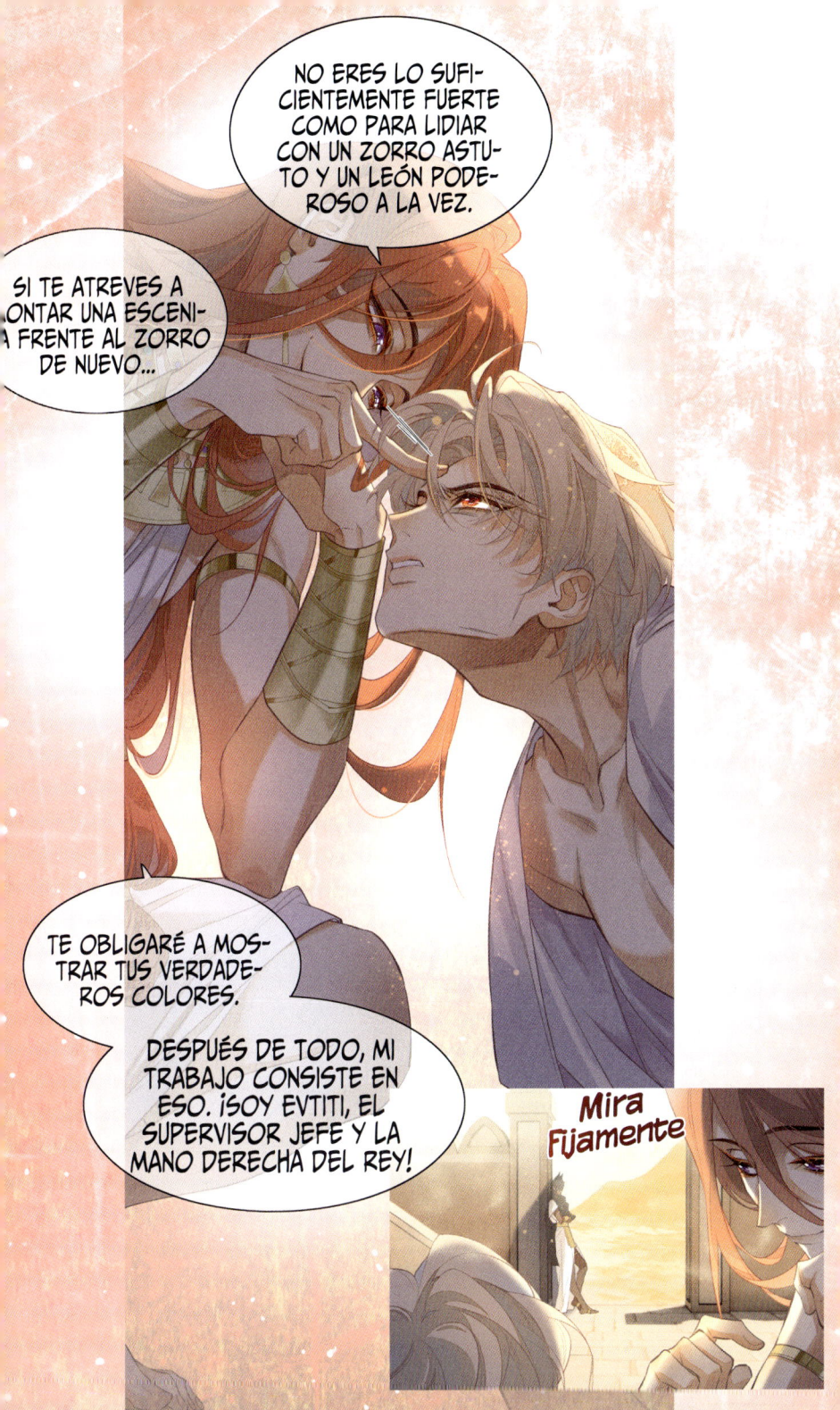

CAPÍTULO

7

TIRANO

CAPÍTULO 8

ENCUENTRO FORTUITO

PENSABA QUE DEMOSTRARÍAS TU VERDADERO PODER EN EL MOMENTO MÁS CRÍTICO.

O QUE TAL VEZ UTILIZARÍAS ALGÚN TRUCO REPENTINO PARA SALVARTE O ALGO POR EL ESTILO...

¿PERO ESO ES TODO?

¿NO TIENEN PUNTA?

Las deja caer

TOMA.

¡Chas!

...

¿POR QUÉ?

PORQUE HAS CONSE-GUIDO QUE AL GUAR-DIA NO LE ALCANCE NINGUNA FLECHA.

LAS PERSONAS NO SON CAPACES DE FINGIR EN MEDIO DE UNA CRISIS.

DESPUÉS DE TODO ESTE JALEO, POR FIN HE PODIDO VER TU «VERDADERA NATU-RALEZA».

CREÍA QUE EL JEFE YA NO ME QUERÍA...

¡IDIOTA! ¡COMO SI EL JEFE FUERA A DISPA-RARLE A ALGUIEN DE LOS SUYOS!

COMO ESE FLOJUCHO TE HABÍA COGIDO DE REHÉN, ¡ERA NE-CESARIO QUE «CORRIERAS EL RIESGO»!

¿EH? ¿SOY EL ÚNI-CO QUE NO SABÍA LO QUE ESTABA OCURRIENDO?

NO TIENES MALDAD ALGUNA.

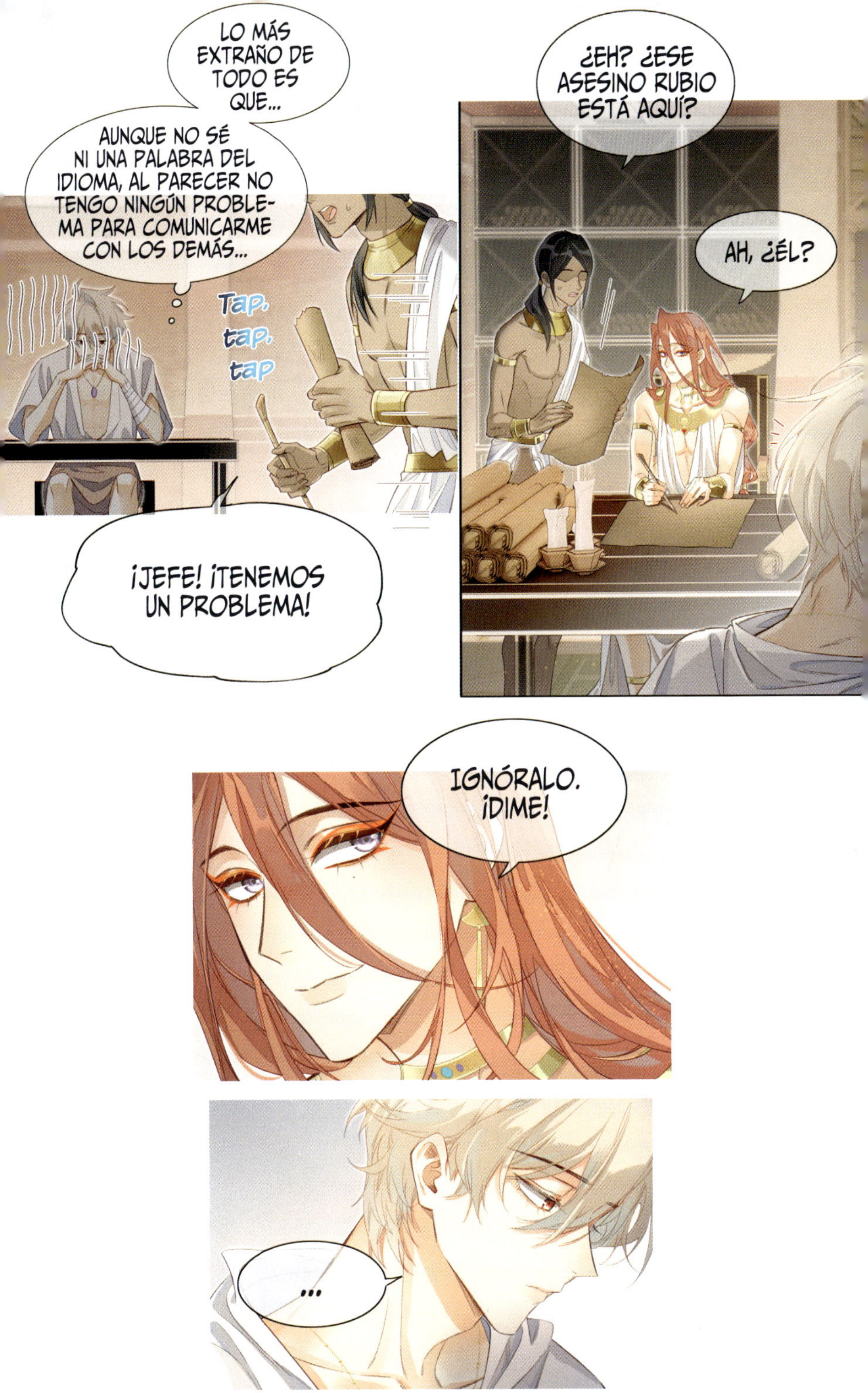

LO MÁS EXTRAÑO DE TODO ES QUE...

AUNQUE NO SÉ NI UNA PALABRA DEL IDIOMA, AL PARECER NO TENGO NINGÚN PROBLEMA PARA COMUNICARME CON LOS DEMÁS...

Tap, tap, tap

¿EH? ¿ESE ASESINO RUBIO ESTÁ AQUÍ?

AH, ¿ÉL?

¡JEFE! ¡TENEMOS UN PROBLEMA!

IGNÓRALO. ¡DIME!

...

DE ACUERDO...
ESTA ES LA CUESTIÓN: HAY
UN SACERDOTE QUE ESTÁ
QUEDÁNDOSE CON EL DINERO
DE LOS IMPUESTOS, PERO EL
TEMPLO NO DEJA DE ENCU-
BRIRLO. ¿QUÉ DEBERÍAMOS
HACER?

Se da la vuelta

¿ESE HOMBRE?
BUSCA SUS EXPEDIENTES
ANTERIORES Y ÚSALOS COMO
EVIDENCIA. HACE UNOS TRES
AÑOS HIZO LO MISMO Y, ADE-
MÁS, COMETIÓ UN
HOMICIDIO.

SI LO CONDENAMOS
POR SUS DELITOS, ESTA
VEZ EL TEMPLO NO
PODRÁ PROTEGERLO.

DEBES PENSARTE
QUE QUIERO QUE-
DARME AQUÍ, ¿NO?

PERO LOS EXPEDIENTES
ESTÁN GUARDADOS EN EL
EDIFICIO DE LOS ARCHI-
VOS, UN LUGAR REMOTO
Y DESIERTO. Y YA TENGO
MUCHAS OTRAS TAREAS
PENDIENTES...

*Toque,
toque*

¡ENTONCES
MANDÉMOSLO
A ÉL!

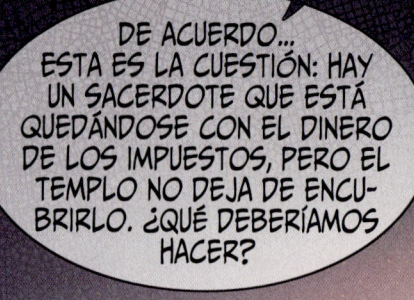

CAPÍTULO

9

FALSIFICACIÓN

¡...!

Se le cae

UN MOMENTO, TÚ...

DE TODOS LOS LUGARES POSIBLES, ¡¡¿¿TENÍA QUE ENCONTRÁRMELO JUSTO AQUÍ??!!

SÍ QUE ERES TORPE, ¿EH?

¡ME HA RECONOCIDO! ¡ME VA A MATAR!

*NdT: En chino, «Mimi» suele utilizarse como onomatopeya para el maullido de un gato

JA, JA, ¿SERÁ EL MISMO? PERO ESTÁS LEYÉNDOLO, ASÍ QUE NO TE PREOCUPES.

CONTINÚA, QUE TAMPOCO TENGO TANTA PRISA. DE MOMENTO IRÉ A...

NO HACE FALTA. SOLAMENTE ESTABA ECHÁNDOLE UN VISTAZO, ASÍ QUE PUEDO PONERME A LEER CUALQUIER OTRA COSA.

TOMA, TODO TUYO.

...

LOS TIRANOS SON EXTREMADAMENTE IMPREDECIBLES Y CAPRICHOSOS. ¿QUIÉN SABE QUÉ ESTARÁ TRAMANDO?

DE ACUERDO.

¿POR QUÉ TENGO QUE ACERCARME?

¡¿ESTE DE QUÉ VA?!

¿NO SABES LEER? YO PODRÍA ENSEÑARTE.

¿...?

Prepara el puño por si acaso

PARA SER MÁS EXACTOS, PODEMOS APRENDER A LEER JUNTOS.

LA VERDAD ES QUE YO TAMPOCO ENTIENDO MUY BIEN ESTE IDIOMA DE NOBLES.

¡Ejem, ejem!

¿TÚ... NO SABES LEER?

¿ESTE TIRANO QUIERE... ENSEÑARME A LEER?

PARECE SER MÁS DE LO QUE APARENTA.

TAL VEZ AHORA ESTÁ FINGIENDO, O...

¿TAL VEZ ESTE SEA SU VERDADERO YO?

PODRÍA SER QUE EN SU INTERIOR...

TODAVÍA EXISTA LA SOMBRA DE LA PERSONA QUE CONOZCO.

¿QUÉ MIRAS TANTO?

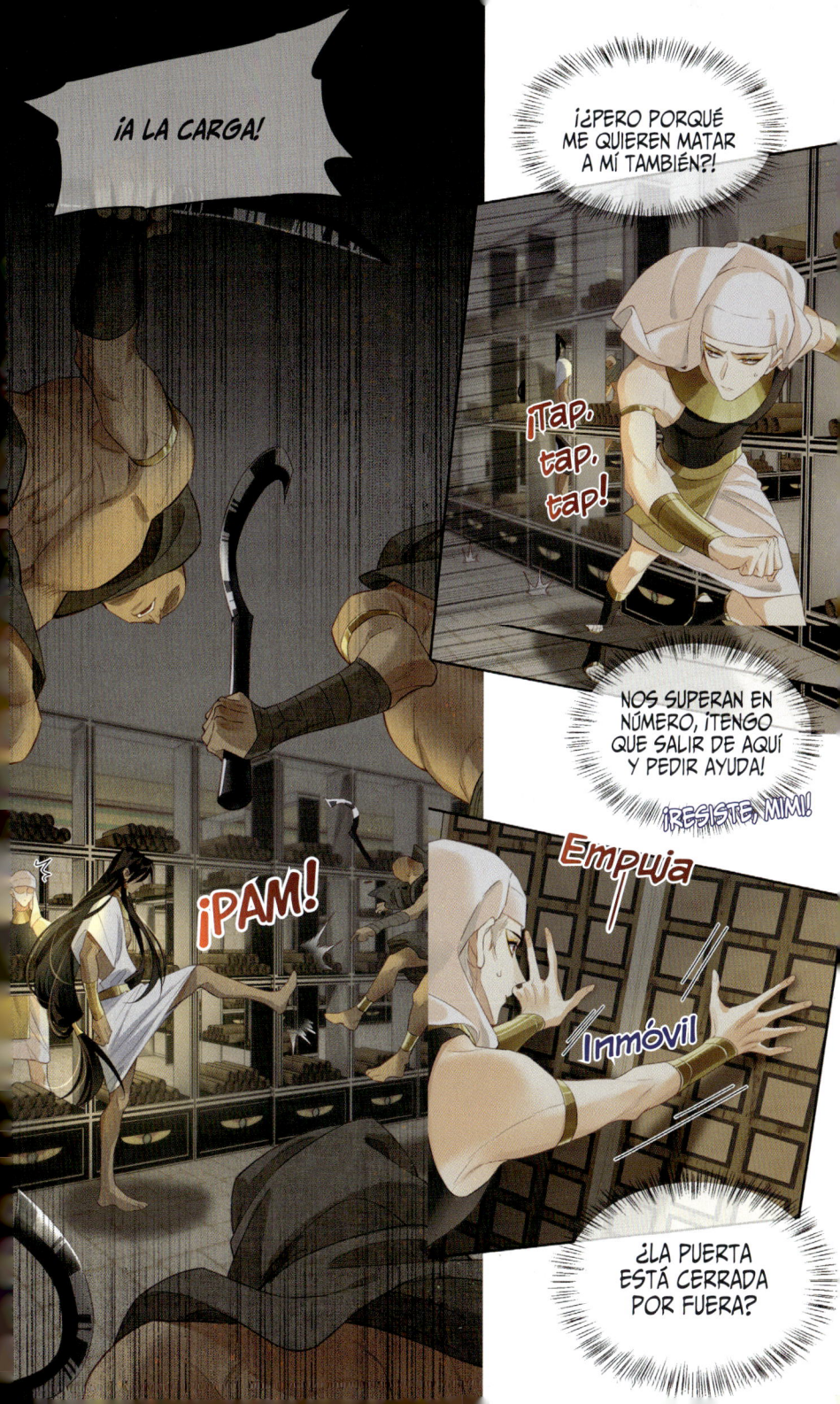

CAPÍTULO

10

¿SU GUARDIA?

TIENE RAZÓN, DEBERÍA IRME.

TENGO QUE SALIR DE AQUÍ ANTES DE QUE LLEGUE ALGUIEN MÁS.

«¿NO SABES LEER? YO PODRÍA ENSEÑARTE».

ADIÓS, ALI.

NOS VEMOS, GRAN PALACIO DE EBIS...

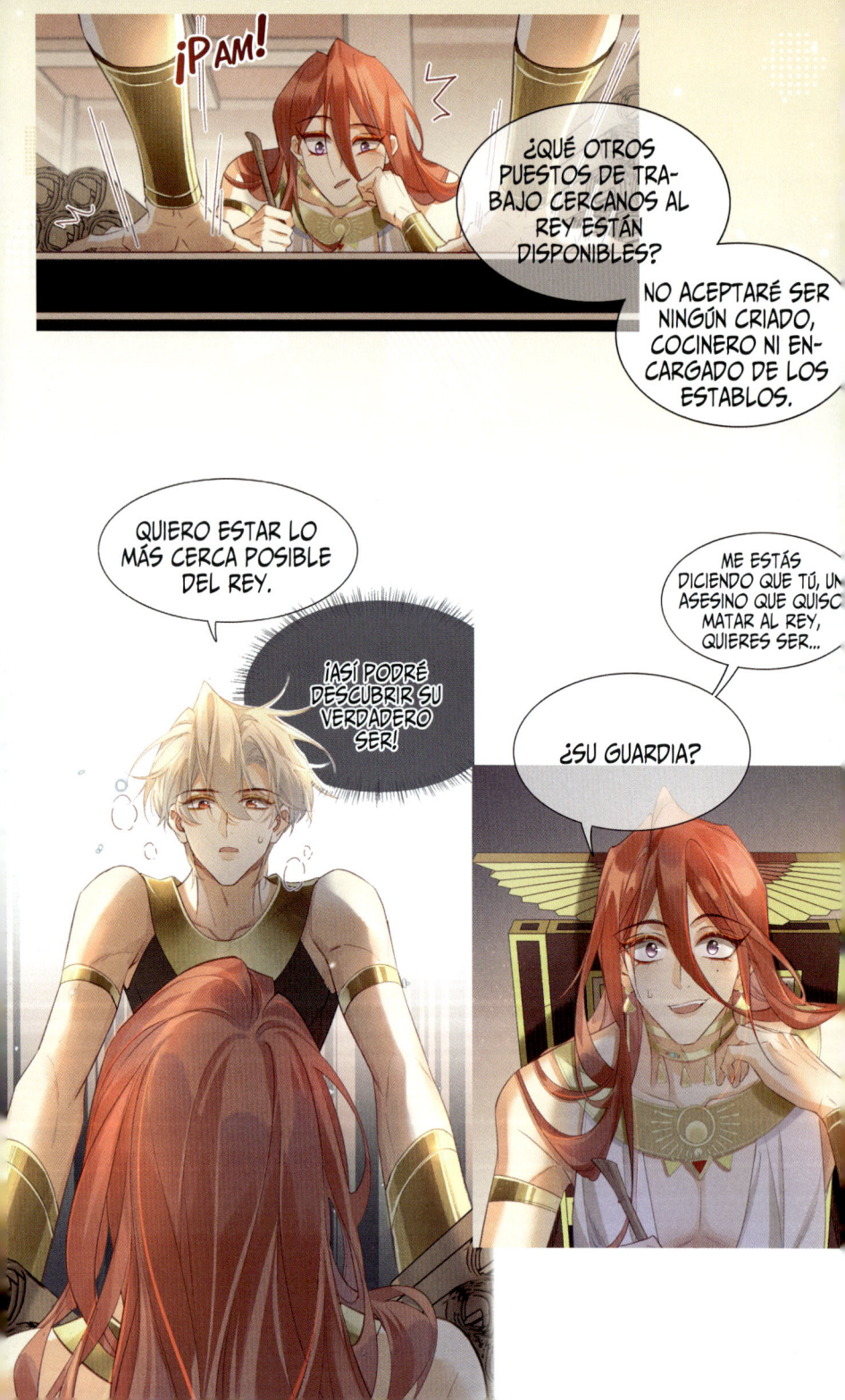

OYE, TÚ...

¡BIEN HECHO! ¡ESTÁS EN EL EQUIPO!

¿EN SERIO?

OH... POR SUPUESTO QUE LE SERÉ TOTALMENTE LEAL A SU MAJESTAD.

YA SEAS NUESTRO ALIADO O NO, TUS HABILIDADES SON DIGNAS DE ADMIRACIÓN.

SIEMPRE Y CUANDO LE SEAS LEAL A SU MAJESTAD, ESTAMOS EN EL MISMO BARCO, POR LO QUE TE TRATARÉ COMO A UNO DE LOS NUESTROS.

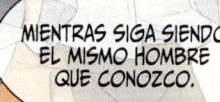

MIENTRAS SIGA SIENDO EL MISMO HOMBRE QUE CONOZCO.

UNA COSA: AUNQUE ESTÉS DENTRO, ESO NO QUITA QUE NO VAYAS A ESTAR EN CONSTANTE SUPERVISIÓN, POR LO QUE TENDRÁS QUE TRABAJAR EN EL CUARTEL.

¿O HABÍAMOS ACORDADO EN QUE ME LO DEVOLVERÍAS?

TU PRIMERA TAREA SERÁ PATRULLAR EL PALACIO...

¿QUIÉN ME SERÁ TOTALMENTE LEAL?

¡SU MAJESTAD!

¡SU MAJESTAD!

¡¿ESTABA ENTRENANDO A SU HALCÓN JUSTO AL LADO?!

sorprendido

NO TENÍA NI IDEA.

Señas con el ojo

MI... SU MAJESTAD, ¿SE ACUERDA DE MÍ? SOY...

CLARO QUE ME ACUERDO, ERES AQUEL RUBIO...

CAPÍTULO

11

MISIÓN SUICIDA

¿NO ME HA RECONOCIDO?

AL PARECER, HA VUELTO A SER EL TIRANO DE INSOPORTABLE DE ANTES.

BLA, BLA BLA

SU MAJESTAD, ESTO HA SIDO LO QUE HA PASADO: EL CHICO HA INSISITDO EN CONVERTIRSE EN GUARDIA, ASÍ QUE SE LO HE TRAÍDO A AKINATUN PARA...

BLA, BLA BLA

BUENO... LA VERDAD ES QUE ESTABA OSCURO EN ESA HABITACIÓN Y HABÍA VARIAS ESTANTERÍAS BLOQUEANDO NUESTRA VISIÓN. SEGURAMENTE NO PUDO VERME BIEN.

AUNQUE TODAVÍA RECUERDA QUE SOY ESE «ASESINO».

¿ARQUERÍA?

Lo deja ir

¿QUÉ TIENE ESO DE INTERESANTE?

SI DE VERDAD ERES TAN BUENO, DERRIBA AL HALCÓN CON SOLO TRES FLECHAS.

SI LE PERMITE ESTAR A SU LADO, SE LE PEGARÁ COMO UNA POLILLA A LA LUZ.

NO.

COMO HA DICHO AKIN, TIENE BASTANTE TALENTO Y SERÍA UN DESPERDICIO QUE NO TRABAJARA PARA NOSOTROS.

¿ENTONCES CREES QUE LO MEJOR SERÍA QUE ME DESHICIERA DE ÉL?

MI CONSEJO ES QUE LO ENVÍE A DEFENDER LA FRONTERA O A ALGUNA MISIÓN AL EXTRANJERO. SÁQUELO DE AQUÍ Y ENVÍELO BIEN LEJOS.

ESTÁS TRATANDO DE PROTEGERLO.

SÍ... SINCERAMENTE, ME GUSTA ESE CHICO.

Tap. tap. tap

PERO SIEMPRE TERMINAN APROVECHÁNDOSE DE LOS HOMBRES CAPACES Y LEALES COMO ÉL QUE SE QUEDAN AQUÍ, HASTA QUE FINALMENTE MUERDEN EL POLVO.

HE CUMPLIDO LA
SIÓN, SU MAJESTAD.
FÍJESE.
ES JUSTO LO QUE ME PIDIÓ: DERRIBAR AL HALCÓN CON SOLO TRES FLECHAS.
LE HE APUNTADO, LE HE DADO, Y ENTONCES SE HA CAÍDO.
¿LE FALTAN... TRES PLUMAS?
Avergonzado
CON CADA TIRO, LE HA QUITADO UNA. ¿ENTONCES CUANDO HA DISPARADO POR TERCERA VEZ, EL HALCÓN NO HA SIDO CAPAZ DE SEGUIR MANTENIÉNDOSE EN EL AIRE Y SE HA VENIDO ABAJO?
ESTE CHICO LO TENÍA TODO PERFECTAMENTE CALCULADO. HA IDEADO UN PLAN Y LO HA EJECUTADO SIN PROBLEMAS...
SABÍA QUE ERAS UN ARQUERO CON TALENTO, ¡PERO NUNCA ME IMAGINÉ QUE FUERAS TAN INCREÍBLE!

CAPÍTULO

12

FURIA ASESINA

SOLTADLO. ÉL NO ES NINGÚN ASESINO.

PERO ESTE SÍ.

Le da una Patada

¿NO VAS A DECIR NADA?

¡OYE, SU MAJESTAD TE ESTÁ HACIENDO UNA PREGUNTA!

¡Lo empuja!

AH.

POR FAVOR, PERDÓ-
NEME, SU MAJESTAD.

CAPÍTULO

13

GOLONDRINA

¿CÓMO PUEDE...?

SIEMPRE HE SENTIDO QUE, CON SUS ACCIONES, SU MAJESTAD LE FALTA EL RESPETO A LOS DIOSES. ¿ACASO NO TEME PROVOCAR SU IRA Y TRAERLE DESGRACIAS AL REINO?

ESTE AÑO EBIS HA EXPERIMENTADO NUMEROSAS SEQUÍAS Y HAMBRUNAS. ¡QUIZÁS SEA UN CASTIGO!

PERO LO QUE SÍ SÉ ES QUE LOS ALIMENTOS Y LA AYUDA ENVIADOS A LAS ÁREAS AFECTADAS POR LOS DESASTRES TERMINARON EN LOS BOLSILLOS DEL TEMPLO.

YO NO ESTARÍA TAN SEGURO DE ESO.

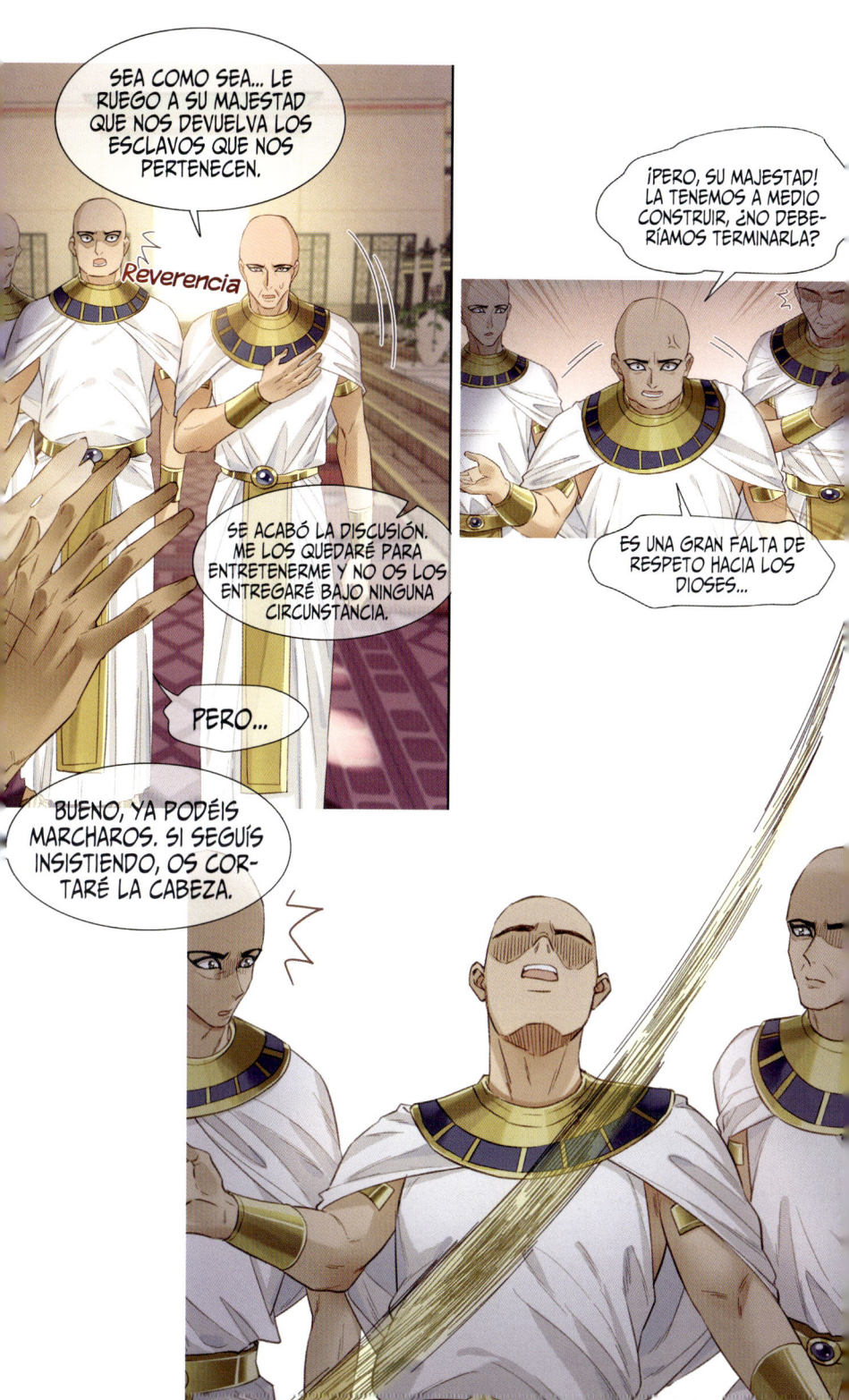

uyendo

...

VEN Y ENCARGÁTE DEL CUERPO.

SÍ, SU MAJESTAD.

¿TE DA MIEDO?

Lo agarra

PARA NADA.

...

CAPÍTULO

14

DIFERENTES E IGUALES A LA VEZ

¿TODOS EN EBIS SOIS TAN VOLÁTILES?

¿RECUERDAS QUE TE PEDÍ QUE FUERAS AL EDIFICIO DE ARCHIVOS PARA BUSCAR EL EXPEDIENTE DE UN SACERDOTE QUE HABÍA COMETIDO REITERADOS CRÍMENES GRAVES?

COMO YO NO PUEDO EN CARGARME DE ÉL CON M PROPIAS MANOS, LE PEDÍ TIRANO QUE LO HICIERA

¿ESTARÁ ASUSTADO POR LO VIOLENTO QUE ES NUESTRO REY?

...

YO LE PEDÍ QUE MATARA A AQUEL HOMBRE EN EL SALÓN PRINCIPAL.

¿?

EN CONCLUSIÓN, SIEMPRE Y CUANDO SE LLE- GUE AL MISMO RESULTADO, NO IMPORTA EL PROCEDI- MIENTO, ¡¿VERDAD?!

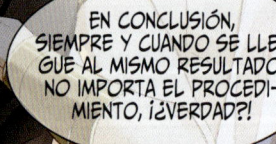

ERES UNA DE LAS POCAS PERSO AMABLES QUE CONOZCO AQUÍ, F ESO ESTOY SIENDO SINCERO

«¡LÁRGATE!»

SI SIEMPRE HACE O DICE LAS COSAS POR ALGUNA RAZÓN EN PARTICULAR...

¿ESTABA TRATANDO DE ANIMARME?

¿CUÁL SERÁ SU VERDADERA PERSONALIDAD?

¿ES CIERTO QUE LLEVAS DOS DÍAS SIN COMER?

Al día siguiente.

PERFECTO. ENTONCES OBSÉRVAME MIENTRAS COMO.

¿TAN DEPRIMIDO ESTÁ DE HABER MATADO A ALGUIEN QUE NO HA PODIDO COMER NI BEBER NADA?

¡JA! QUÉ BLANDENGUE.

CREO QUE LO SOBREESTIMÉ, ESTE TÍO ES UN DÉSPOTA DE CUIDADO.

SIN EMBARGO, TAMBIÉN EXISTEN PERSONAS...

A QUIENES LES GUSTA BUSCAR ESA COSA INTANGIBLE Y ETÉREA LLAMADA «IGUALDAD DE DERECHOS».

TÚ ERES IGUAL QUE ELLOS.

CAPÍTULO 15

ROSTRO SONRIENTE

UVAS, GRANADAS...
CARNE ASADA...
ESTA LISTA CON-TIENE SUS COMI-DAS FAVORITAS.
COMPROBAD DÓNDE PODÉIS CONSEGUIR ESTOS ALIMENTOS. TAMBIÉN FIJAOS SI EXISTEN LUGARES DONDE VENEREN A LAS RANAS
Y, AL PARECER, VALORA MUCHO LAS RANAS.
ASEGURAOS DE AVERIGUAR DE DÓNDE PROVIENE ESE CHICO.
SÍ, SU MAJESTAD.

CAPÍTULO

16

EL «ASESINO LUNAR»

SOLO QUERÍA ESPANTARLO... LO SIENTO.

QUÉ ABURRIDO.

¡PUF!

Sonrisa Forzada.

¡MIERDA! ¡TÚ SÍ QUE ME ESTÁS ESPANTANDO!

¿PERO DE QUÉ VAS? ¡CASI DESARROLLO UN TRASTORNO DE ESTRÉS POSTRAUMÁTICO POR CULPA DE TU TIRANÍA!

¿NO TE HAS PARADO A PENSAR LAS COSAS CON DETENIMIENTO

Herido

TU RELACIÓN CON TUS COMPAÑEROS VA A CAER EN PICADO EN UN SANTIAMÉN DESPUÉS DE ESTO.

¡¿QUIÉN ERES?!

DADO QUE NO ERES CAPAZ DE VENCERLO, SI QUIERES PROTEGERTE, NO TIENES MÁS OPCIÓN QUE...

PEDIRLE A ALGUIEN QUE SE ENCARGUE DE ÉL.

¿QUÉ?

LA PERSONA QUE ENVIAMOS A ROBAR LA GEMA HA DESAPARECIDO SIN DEJAR RASTRO, ASÍ QUE LO ÚNICO QUE PODEMOS HACER ES CENTRARNOS EN EL CHICO RUBIO.

NO IMPORTA SI AHORA NO QUIERE O NO PUEDE VENIR CON NOSOTROS, SIEMPRE Y CUANDO LO HAGAMOS CAER EN UNA SITUACIÓN DESESPERADA, NUESTRO TEMPLO INTERCEDERÁ NUEVAMENTE PARA ECHARLE UNA MANO.

¡Y ENTONCES MÁS LE VALE ACEPTARNOS!

VE A BUSCAR A KABA. YA SABES QUÉ HACER.

CAPÍTULO extra

ČLIMA

Cosas que ocurren cuando pareces adorable y mides 1,75:

QUE LAS PERSONAS DE AMBOS SEXOS SE PELEAN POR TI.

(LO DIGO EN SERIO)

Avergonzado

Espiando

Lo nota

Mira alrededor

Mira alrededor

Sigiloso

¡Se acerc

¿?

¡Bum, bum!

SÍ, SU MAJESTAD.

¡Bum, bum!

EL CORAZÓN DE ESTE HOMBRE ES MUY CÁLIDO.

Lo tapa

PERO LAMENTABLEMENTE, SU FORMA DE ACTUAR ES TAN FRÍA COMO EL HIELO.

SU MAJESTAD, SI NO ME NECESITA PARA NADA MÁS, VOLVERÉ A MI PUESTO.

NO TE ATREVAS A CAUSARME MÁS PROBLEMAS.

NO TENDRÍA TIEMPO PARA LIDIAR CONTIGO EN CASO DE QUE TE PUSIERAS ENFERMO O MURIERAS.

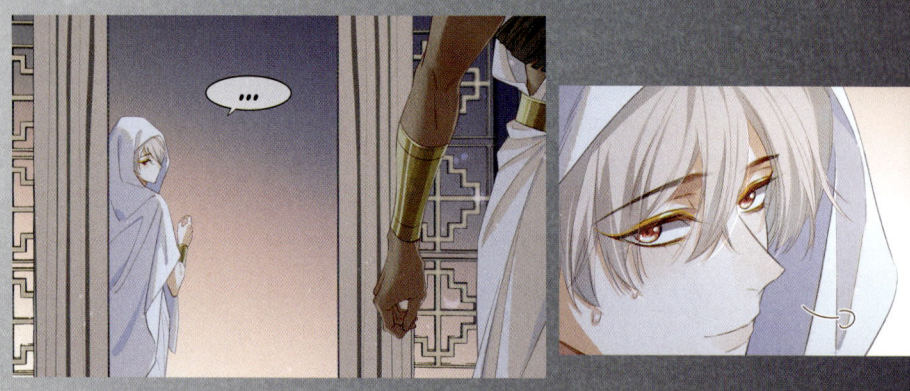

TAL VEZ ESTA «PIEDRA»...

SIN IMPORTAR CÓMO
DE FRÍA SEA...

TODAVÍA CONTIENE EN SU INTE-
RIOR LA CALIDEZ DEL DESIERTO.

Fin del tomo 1

Author: Wen Yuan
Copyright © Beijing Kuaikan World Information Technology Co., Ltd.

Spanish edition copyright © Monogatari Novels (imprint of Monogatari Media Editorial S.L.)

The publication of the Spanish edition of this book was licensed by Beijing KuaiKan World Information Technology Co., Ltd.

Traducción: Marina López-Duarte Bandini
Corrección: Ana Cabanes Hernández
Arte del título y capítulos, rotulación, adaptación de la cubierta y composición interior: Laura Díaz Fernández

© 2024 Monogatari Novels sobre la presente edición

ISBN: 978-84-10020-10-8
Depósito Legal: B 7396-2024
Impreso en España

Si tienes alguna sugerencia o simplemente quieres darnos tu opinión sobre el libro, puedes escribirnos a:
Nuestra cuenta de Twiter (X): @MonoNovels
A nuestro Instagram: @monogatari.novels
O al correo electrónico: redes@monogataried.com